O discurso político e poético de
VIRGINIA WOOLF

MARIA APARECIDA DE OLIVEIRA

O discurso político e poético de Virginia Woolf

ns

SÃO PAULO, 2021

"Houve uma confusão no *The Times* essa manhã – a voz de uma mulher dizendo 'As mulheres não têm o que dizer sobre política'. Não havia nenhuma mulher no Gabinete; nenhuma posição responsável. Todos os idealizadores que estão em qualquer posição para tornar as ideias efetivas são homens. Essa é uma ideia que afunda o pensamento e encoraja a irresponsabilidade. (...) 'Não pararei essa batalha mental', escreveu Blake. Batalha mental significa pensar contra a corrente e não com ela."*

---

* Tradução nossa. No original: "There was one zooming in The Times this morning – a woman's voice saying, "Women have not a word to say in politics." There is no woman in the Cabinet; nor in any responsible post. All the idea-makers who are in any position to make ideas effective are men. (...) "I will not cease from mental fight," Blake wrote. Mental fight means thinking against the current, not with it". (WOOLF, V. Thoughts in an Air Raid. In: T*he Death of the Moth and Other Essays*. Londres: Harcourt Brace Jovanovich, 1970)

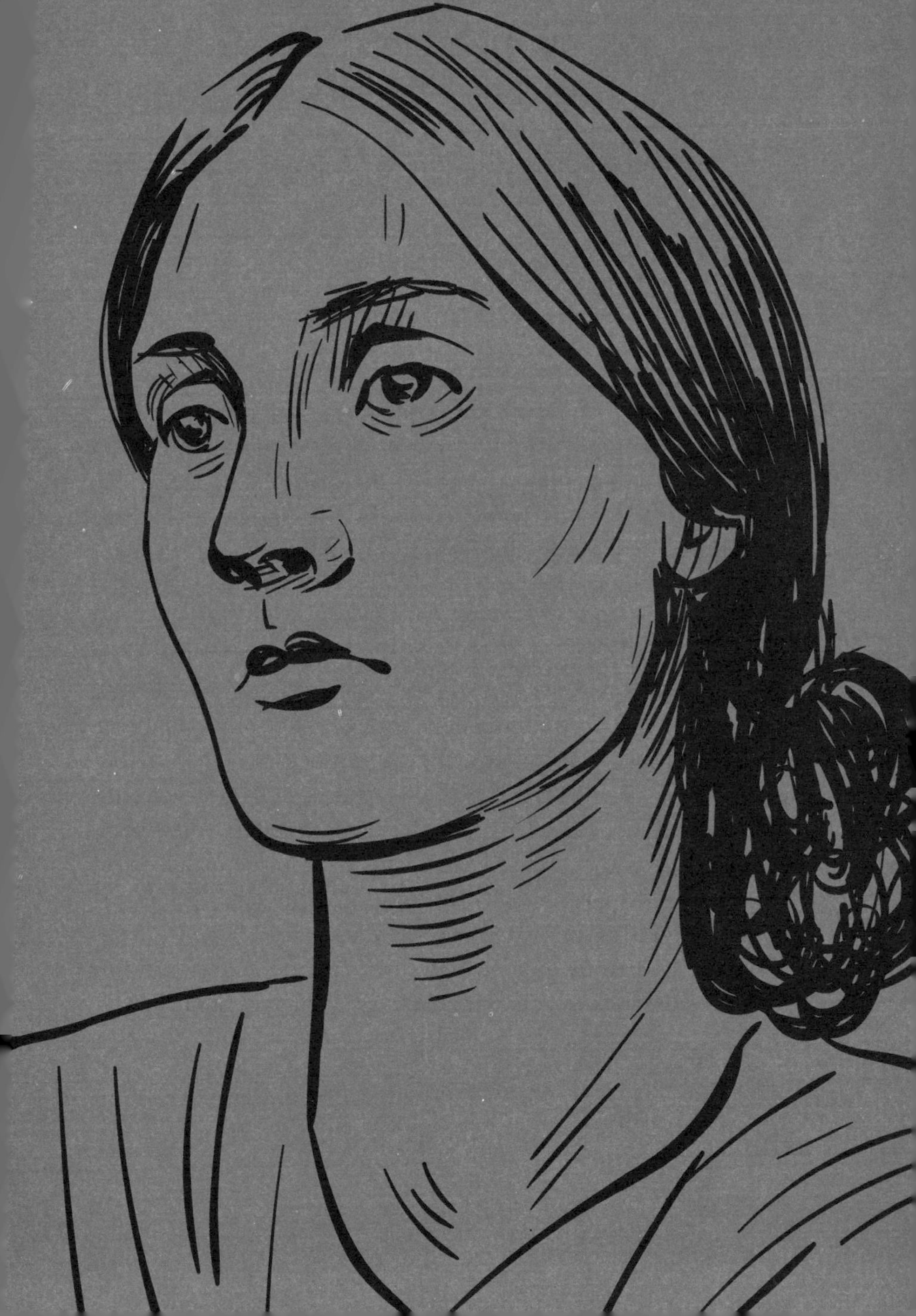

Virginia Woolf, nascida Adelina Virginia Stephen em Kensington no ano de 1882, foi uma das expoentes do modernismo na literatura. Integrou o famoso Grupo de Bloomsbury, um círculo de artistas e intelectuais londrinos com relevante papel na sociedade literária da cidade no período entreguerras. O estilo único de Virginia transborda não apenas em seus romances, mas também numa prolífica produção de contos, ensaios, diários e cartas. Para além do fluxo de consciência, característica da qual foi uma das precursoras – na qual se evidencia o processo de pensamento, a livre associação de ideias e as sensações dos personagens, interrompido e retomado a todo o tempo –, Woolf inovou a técnica do romance. *O quarto de Jacob* é considerado seu primeiro romance mais "experimental", escrito em 1922, mesmo ano em que *Ulisses*, de James Joyce, e *A terra devastada*, de T.S. Eliot, foram publicados. A partir de então, Woolf não parou de inovar, reinventando sua escrita e questionando tabus a cada obra publicada.

A VIAGEM

O PRIMEIRO ROMANCE de Virginia Woolf, *A viagem* (1915), levou quase uma década para ser gestado. Ela teria começado o processo de escrita entre 1907 e 1908, criando então o que seria a primeira versão do romance, bastante discutida com Clive Bell, marido de sua irmã, Vanessa Bell. A segunda versão foi escrita entre 1909 e 1910, período em que ela conhece Leonard Woolf, e concluída em 1912, culminando exatamente com seu casamento com Leonard.

Louise de Salvo, em *Virginia Woolf's First Voyage*, retrata essa primeira versão do romance e como Woolf foi alterando-o ao longo dos anos. O título inicial seria *Melymbrosia*, uma mistura de duas palavras, *mel* e *ambrosia* – palavra de origem grega que designa o alimento dos deuses. Ambrose seria o sobrenome da tia da personagem Rachel Vinrace, Helen Ambrose, a figura feminina mais próxima da protagonista, cujo papel seria guiá-la em seu processo de desenvolvimento, pensando no romance como um *bildungsroman*.[1] A narrativa ilustra a luta da jovem Rachel para sobreviver em uma sociedade patriarcal, lidando com questões relacionadas ao casamento, às relações entre homens e mulheres e à morte prematura. Questões essas que Woolf estava enfrentando no momento da escrita de *A viagem* e que tiveram um grande impacto em sua vida.

Num período de onze anos, Virginia, que tinha três irmãos e quatro meios-irmãos, sofre várias perdas, que abalaram sua saúde profundamente. Em 1895, quando ela tinha apenas treze anos, perde a mãe, Julia Stephen, devido a uma febre reumática. Woolf teve seu primeiro colapso nervoso depois dessa morte, o qual se repete com outras perdas. Sua meia-irmã Stella Duckworth assume o papel da figura materna, enquanto estavam todos desolados com a morte da matriarca. Contudo, dois anos depois, a recém-casada Stella morre de peritonite, ocasionada por complicações

---

[1] Termo alemão que significa "romance de formação" e designa um tipo de romance em que é exposto, de forma pormenorizada, o processo de desenvolvimento físico, moral, psicológico, estético, social ou político de uma personagem, geralmente desde a sua infância ou adolescência até um estado de maior maturidade. *Os anos de aprendizado de Wilhelm Meister*, de Goethe, é considerado o marco inicial do *bildungsroman*.

durante o parto. Vanessa passa a desempenhar o papel de Stella, agindo como um porto seguro para Woolf. Em 1904, Leslie Stephen, pai de Virginia, morre de câncer de estômago, mas sua morte termina por libertar os filhos da tirania paterna. Eles mudam da atmosfera opressora de Hyde Park Gate para o ambiente boêmio de Gordon Square, em Bloomsbury.

Durante o período de 1905 a 1907, Virginia dava aulas noturnas para trabalhadores no Morley College. Thoby e Adrian, seus irmãos, estavam estudando em Cambridge; Vanessa havia escolhido a pintura; e Virginia, a escrita. Em 1906, Thoby falece após contrair febre tifoide numa viagem à Grécia. Virginia sente-se devastada, perdida e culpada por não ter agido imediatamente. Em 1907, Vanessa casa-se com Clive Bell. Woolf sente-se abandonada, excluída e desolada após mais uma perda. Vanessa, que era então seu porto seguro, pois havia preenchido o vazio deixado pela morte de Julia Stephen e de Stella, assume outro papel, e nele não há muito espaço para Woolf.

Em 1909, Leonard Woolf volta do Ceilão, hoje Sri Lanka, onde atuava como funcionário do Império Britânico. Os dois se conectaram imediatamente. Leonard propõe casamento, mas Woolf ainda estava em dúvida. Ele estava terminando seu primeiro romance, *The Village in the Jungle*, sobre a vida marginalizada em um país periférico. Com a disciplina e o estímulo de Leonard, Woolf termina seu manuscrito final de *Melymbrosia* antes do casamento, em 1912. No retorno da lua de mel, ela continua refinando, redigindo e editando o romance e, finalmente, em 1913, ela o entrega ao seu meio-irmão Gerald Duckworth, mas o livro seria publicado apenas em 1915, quando Leonard havia escrito seu segundo romance, *The Wise Virgins* (As virgens sábias). Em janeiro daquele ano, ele decide, juntamente com Virginia, fundar a Hogarth Press, fato que retomaremos mais adiante.

A viagem recebeu várias críticas, algumas negativas e outras positivas. O *New York Times* achou que faltava algo na narrativa, enquanto o *The Bookman* encontrou uma profundidade, mesmo na sua incompletude. E. M. Forster criticou a falta de nitidez das personagens, mas comparou o romance a *O morro dos ventos uivantes*, de Emily Brontë. Seu cunhado Clive Bell, muito ressentidamente, afirmou que a obra era um fracasso, mas que ao final Woolf conseguia expressar sua visão peculiar.[2] Esse tipo de críticas, provindo de seu próprio círculo do Bloomsbury, afetavam Woolf demasiadamente.

Em 1919, com a publicação de *Noite e dia*, houve um interesse em seu primeiro romance por parte de duas editoras dos Estados Unidos. Com isso, uma nova edição de *A viagem* é publicada na Inglaterra, com várias alterações. É notável o trabalho de Louise DeSalvo[3] em rastrear as alterações realizadas por Woolf nesse período de treze anos, entre a escrita iniciada em 1907 e a última publicação em 1920. De acordo com Mark Hussey,[4] Woolf inseriu mais 728 palavras e deletou 3.519, bem como alguns detalhes autobiográficos.

Outro aspecto interessante no romance são as várias referências literárias. Lorna Sage[5] entende que o romance é o "trabalho de um viciado em leitura". As referências abrangem Austen, as irmãs Brontë, Balzac, Ibsen, Milton, Shelley e Sapho. O próprio romance de Leonard Woolf, *The Village in the Jungle*, bem como o de Joseph Conrad, *O coração das trevas*, serviram como inspiração para o romance. Nesse sentido, podemos entender que a obra trabalha em um nível metalinguístico, pois questiona o papel da leitura dentro da narrativa de desenvolvimento da personagem principal. Do mesmo modo que a leitura indica a visão de mundo de Rachel, ela também espelha o processo de

---

2 BRIGGS, Julia. Beginning. In: *Virginia Woolf*: An Inner Life. Londres: Harvest Book, 2005, p. 26.

3 DESALVO, Louise. Virginia Woolf's revision for 1920 American and English Edition. *Bulletin of Research in the Humanities*, n. 82, vol. 3, 1979, p. 338-366.

4 HUSSEY, Mark. The Voyage Out. In: *Virginia Woolf A to Z*. Nova York: Pace University Press, 1995, p. 328-345.

5 SAGE, Lorna. Introduction. In: WOOLF, V. *The Voyage Out*. Londres: Oxford University Press, 2009, p. XII-XXIX.

leitura e de escrita de Woolf. Seu jornalismo e a escrita de ensaios contribuíram para o processo de escrita dos romances. Neles observa-se como ocorre o processo de construção do romance ou como se deveria lê-lo.

A exemplo disso, no início da narrativa, Clarissa Dalloway empresta a Rachel Vinrace um volume de Jane Austen, *Persuasão*. A ironia é clara, já que Richard Dalloway está persuadindo a heroína a ceder a suas investidas. Em outro momento, Rachel está lendo a peça de Ibsen, *Casa de bonecas*, o que é um bom indicador das tendências feministas incipientes da protagonista e sua resistência ao casamento. Quando as personagens estão subindo o rio para fazer uma visita aos nativos do vilarejo, Terence Hewet lê *Folhas de relva*, do poeta norte-americano Walt Whitman.

A poesia sempre está nas entrelinhas da prosa woolfiana. Em seu ensaio *Poesia, ficção e o futuro*, ela observa como o romance incorpora outras formas de arte, como pintura, música e poesia. Percy B. Shelley é um poeta recorrente nos romances de Woolf. Em *A viagem*, Richard e Clarissa Dalloway estão discutindo *Adonais*, de Shelley, lembrando que esse poema foi escrito como uma elegia em memória à morte de Keats, em 1821. A mesma referência – também considerada uma elegia em memória a todos os jovens soldados mortos na guerra – aparece em *O quarto de Jacob*. Já em *As ondas*, que também é uma elegia a Percival, Rhoda cita o poema "The Question", de Shelley.

A verdade é que a maioria dos romances de Woolf apresenta um tom de luto, de tristeza, refletindo as diversas mortes que ela presenciou em sua vida. O romance canibal de Virginia Woolf incorpora diversas formas de arte e rompe com os gêneros literários bem marcados. Ela visualizava *Ao farol* como uma elegia, *As ondas* como uma peça-poema, *Os anos* como um ensaio-romance, *Orlando* como uma espécie de paródia biográfica e *Entre os atos* como uma peça-romance. O próprio ensaio *Um teto todo seu* (1929) mistura fato e ficção em sua composição, ao questionar o lugar da mulher na sociedade patriarcal e as condições materiais para a sua inserção no mundo público.

É possível ler *A viagem*, bem como outros romances de Woolf, tendo em mente seu discurso político, presente sobretudo nos ensaios *Um teto todo seu* e *Três guinéus* (1938). Pode-se problematizar a relação entre homens e mulheres no romance e até que ponto estas servem como espelhos mágicos, refletindo duas vezes mais o tamanho dos homens. Até que ponto Rachel é inferiorizada para que outras personagens masculinas sejam magnificadas por esse espelho mágico? Por que Clarissa Dalloway deve estar em uma posição inferior para que Richard Dalloway – imperialista e conservador, contra o sufrágio feminino, pois acredita que as mulheres não têm um instinto político – possa seguir com sua vida política?

"Nós pensamos nas nossas mães", diz Virginia em *Um teto todo seu*.[6] Podemos perceber ao longo de *A viagem* que Woolf não apenas reflete sobre suas mães literárias, mas também sobre seus pais literários, que ela nunca esqueceu. Como afirma Elaine Showalter,[7] apenas os homens apagam suas mães literárias, as mulheres pensam inevitavelmente sobre ambos os pais literários. Dentre os pais, Woolf sempre reflete sobre Shakespeare, Milton, Shelley, Donne, Balzac e Ibsen, dentre outros. Sobre as mães literárias, sempre figuram em sua ficção Jane Austen, a quem ela admirava imensamente, as irmãs Brontë, George Eliot, Sapho etc.

No terceiro capítulo de *Um teto todo seu*, Woolf ficcionaliza a existência de uma irmã de Shakespeare, Judith Shakespeare, que tinha os mesmos talentos do irmão, mas não as mesmas oportunidades. Podemos pensar em Rachel como Judith Shakespeare, uma poeta que morre sem jamais ter escrito uma linha sequer. O silêncio de Judith Shakespeare reflete-se na busca por uma voz em Rachel, no romance sobre o silêncio que Terence Hewet pretende escrever. A própria escritora estava em busca de uma voz com seu

---

6 Tradução nossa. No original: "We think back through our mothers". (WOOLF, V. *A Room of One's Own and Three Guineas*. London: Penguin Books, 1993, p. 69).

7 SHOWALTER, E. Introduction. In: WOOLF, V. *Mrs. Dalloway*. Londres: Penguin Classics, 1992.

primeiro romance e foi aprimorando-a ao longo do tempo, aperfeiçoando a sua frase feminina, sua linguagem, sua técnica, a ponto de revolucionar a forma do romance.

Pensando no ensaio *Três guinéus* e na crítica de Virginia Woolf à expansão do Império Britânico no romance, pode-se refletir sobre várias questões que estão interligadas na prosa poética woolfiana e em seu discurso político, como o acesso das mulheres à educação, às profissões e à vida política, em contraposição à vida doméstica e confinada a que estavam destinadas. Em *A viagem*, a posição que ocupam Rachel, Helen Ambrose e Clarissa Dalloway não é muito favorável; enquanto os homens são agentes da ação, intelectuais e desbravadores, as mulheres estão em uma posição de apoio a esse papel, como o espelho mágico de que já falamos. Woolf procura se distanciar do império ao optar por localizar sua narrativa do outro lado do Atlântico, na fictícia ilha de Santa Marina, mas acaba por criar uma miniatura da Inglaterra dentro da ilha. Woolf elaboraria essa crítica posteriormente em *Três guinéus*, ao dizer a célebre frase: "Como mulher, eu não quero um país; como mulher, meu país é o mundo todo",[8] expressando sua posição contra o nacionalismo exacerbado, criticando o fascismo e qualquer forma de totalitarismo.

---

8 Tradução nossa. No original: "Como mulher, eu não quero um país; como mulher, meu país é o mundo todo". (WOOLF, V. *A Room of One's Own and Three Guineas*. Londres: Penguin Books, 1993, p. 234.)

NOITE E DIA

APÓS A PUBLICAÇÃO de *A viagem*, a escritora sofre mais um colapso nervoso; desse modo, *Noite e dia* é praticamente escrito na cama. O livro é publicado pela editora de seu meio-irmão George Duckworth em 1919, apesar de Woolf e Leonard terem iniciado sua própria editora em 1915. Abrimos um parêntese para discorrer um pouco sobre a editora, inaugurada em 25 de janeiro de 1915, que, a princípio, seria um presente para Virginia Woolf, uma espécie de terapia para distraí-la de seu trabalho. Mas o que era para ser uma distração foi tomando ares de seriedade.

Ambos fizeram cursos para aprender a lidar com o empreendimento, e logo a Hogarth Press tornou-se uma editora profissional. Para Hermione Lee,[9] a editora representava a própria união do casal, a preocupação de Leonard com a saúde de Woolf, os mesmos interesses em termos culturais, artísticos e políticos. Os primeiros trabalhos publicados em 1917 foram os contos "Duas histórias" e "A marca na parede", de Virginia Woolf, e "Three Jews", de Leonard Woolf. Outros trabalhos incluíam "The Story of the Siren", de E. M. Forster, "Kew Gardens", ilustrado por Vanessa Bell; *Prelúdio*, de Katherine Mansfield; *Poemas*, de T. S. Eliot, e *The Critic in Judgement*, de J. Middleton Murry. Com o lucro inicial da editora, compraram uma máquina maior, que ficava no porão da sede, e para grandes tiragens eles usavam uma máquina comercial. O trabalho era exaustivo e envolvia lidar com o maquinário, limpar, lubrificar, colocar tinta, imprimir, encadernar, empacotar os livros e enviá-los. Por isso, ambos contaram com o trabalho de vários assistentes, entre eles Marjorie Joad e John Lehmann – este último compraria a parte de Virginia Woolf posteriormente. Não era uma tarefa fácil trabalhar na Hogarth Press; além do intenso volume de serviço, havia que se considerar o perfeccionismo de Leonard e o gênio de Virginia.

Hermione Lee aponta que a experiência de ambos com o jornalismo contribuiu imensamente para o desenvolvimento da editora.

---

[9] LEE, Hermione. The Press. In: *Virginia Woolf*. Londres: Vintage, 1997, p. 362-376.

Por um lado, ambos tomaram decisões importantíssimas, como a tradução e publicação de escritores russos, em colaboração com Samuel S. Koteliansky. Outra decisão fundamental, tomada por Leonard, seria a tradução dos trabalhos de Sigmund Freud, no início da década de 1920, fazendo da Hogarth Press a primeira editora autorizada a publicar Freud em inglês, com edição do Dr. Ernest Jones. Por outro lado, eles tomaram a péssima decisão de não publicar *Ulisses*, de James Joyce, o que significou uma grande perda para a editora. Mark Hussey[10] afirma que a Hogarth teve uma importância significativa na história da literatura modernista, ao publicar escritores menos conhecidos que mais tarde se tornariam parte do cânone.

Lee[11] assegura que o trabalho com a editora realmente teve um grande impacto sobre o que Virginia pensava a respeito da escrita, a leitura e a propagação da literatura, como se pode ver em alguns de seus ensaios. Briggs[12] confirma que a editora teve um papel crucial em libertar Woolf do desejo de satisfazer o apelo das editoras comerciais; além disso, a visão artística de Vanessa, Clive Bell, Roger Fry e Duncan Grant contribuíram para que Woolf rejeitasse o realismo, encorajando sua visão de mundo peculiar e singular.

A editora foi essencial para a liberdade de Woolf como escritora. Os contos "A marca na parede" e "Kew Gardens", ambos publicados pela Hogarth Press, foram vitais no desenvolvimento de uma narrativa mais experimental, abrindo caminho para os livros seguintes e para sua consolidação como escritora modernista. À medida que Woolf publicava seus textos por sua própria editora, foi se distanciando das convenções literárias tradicionais e experimentando mais com a forma do romance. Essa discussão

---

10 HUSSEY, Mark. Hogarth Press. In: *Virginia Woolf A to Z*. Nova York: Facts on File, 1995, p. 113-118.

11 LEE, Hermione. The Press... *op. cit.*

12 BRIGGS, Julia. Our Press Arrived on Tuesday. In: *Virginia Woolf*: An Inner Life. Londres: A Harvest Book, 2005, p. 58-83.

também fica evidente em textos como "Ficção moderna" (1919), que se tornou um manifesto do movimento modernista, e em "Mr. Bennett e Mrs. Brown" (1923), em que ela questiona a geração de escritores anteriores e seus contemporâneos, em relação à representação dos pensamentos das personagens e como representar a "realidade", já que esta havia sofrido grande impacto depois da guerra.

A personagem principal de *Noite e dia* foi inspirada em Vanessa Bell, pintora e irmã de Virginia Woolf, enquanto Ralph Denham tem muitas semelhanças com Leonard Woolf. Já a personagem de Mary Datchet é baseada na feminista Margaret Llewelyn Davies, que trabalhava em favor ao sufrágio feminino, mas que encontra a visão do feminismo de Woolf não muito realista na sátira que faz ao movimento da época. Margaret Llewelyn Davies e Janet Case foram as mentoras intelectuais e feministas de Woolf e contribuíram para a consolidação do seu discurso político. Tal como *A viagem*, o romance é bastante convencional, como uma comédia de maneiras, em que os temas em relação às personagens principais giram em torno de questões como amor, casamento, família e trabalho. Em relação à forma, ele apresenta uma linearidade que não aparece nos outros romances mais experimentais; o livro tem 35 longos capítulos, suficientes para desenvolver bem a trama e as personagens, criar uma reviravolta e uma resolução ao final. Há um início, meio e fim bem demarcados e um enredo bem desenvolvido. Mark Hussey[13] aponta indícios de peças shakespearianas na obra, como *Noite de reis*, *Como gostais* e *Sonho de uma noite de verão*.

Noite e dia deixa bem claro o conflito entre a era vitoriana e a moderna. Katharine Hilbery, a protagonista, assemelha-se a uma personagem de Jane Austen, enclausurada na casa da família de aristocratas e intelectuais. Na primeira cena do romance, Katherine está servindo chá aos pais; ela vive entre as demandas familiares e seus anseios por uma vida mais livre das amarras e do

---

[13] HUSSEY, Mark. *Virginia Woolf A to Z*. Nova York: Facts on File, 1995, p. 188.

confinamento do lar vitoriano, tentando romper com as representações do anjo do lar, que Woolf desenvolve tão bem em "Profissões para mulheres". As convenções masculinas que governavam as convenções literárias eram as mesmas que governavam a vida das mulheres. Nesse sentido, Woolf estava buscando uma voz para representar o novo mundo, que rompia com aquela da era vitoriana. Em *A viagem*, essa voz ainda é marcada por muitos espaços de silêncio, como o romance que Terence quer escrever, um romance sobre o silêncio. Assim como Rachel em *A viagem*, Katharine também procura expressar sua visão a Ralph, mas ela ainda busca outro tipo de linguagem.

O romance foi muito bem recebido pela crítica. Leonard Woolf, como sempre, tece diversos elogios à obra, vendo nela uma possível "filosofia woolfiana". Contudo, a crítica mais aguçada vem de Katherine Mansfield, que vê em *Noite e dia* uma versão mais atualizada de Jane Austen, mas como se a Primeira Guerra Mundial não tivesse ocorrido. Tal crítica afeta Woolf tremendamente; como alguém que pretendia revolucionar a forma do romance podia escrever um romance tão tradicional? No entanto, como Hussey aponta, esses dois romances mais convencionais de Woolf não devem ser vistos como trabalhos isolados, mas como partes de seu processo de desenvolvimento enquanto escritora. Eles representaram importantes passos em sua carreira literária. Virginia partiu do convencional para então revolucionar a forma do romance.

Julia Briggs afirma: "*Noite e dia* questiona as convenções literárias e sociais, ainda que no final permaneça confinado dentro delas".[14] Considera ainda que o livro seria um passo essencial na educação de Woolf, no qual encontramos suas aulas de etiqueta, seu "treinamento à mesa do chá".

---

14 Tradução nossa. No original: "Night and Day questions social and literary convention, yet in the end it remains confined within them." (BRIGGS, Julia. *Virginia Woolf*: An Inner Life... *op. cit.*, p. 34)

No período da publicação do livro, mais um golpe impiedoso do destino na vida da família de Virginia: Vanessa Bell sofre um aborto e fica bastante deprimida com a perda sofrida; então os papéis se invertem, e Woolf, que fora por tanto tempo cuidada pela irmã durante seus colapsos, passa a ser a cuidadora. Segundo Julia Briggs,[15] o romance, publicado pela editora de George Duckworth em 20 de outubro de 1919, contou com 2 mil cópias, vendendo a um preço mais elevado que *A viagem* devido à inflação do pós-guerra. Woolf ofereceu as cópias recebidas pela editora a Vanessa Bell, Clive Bell, Lytton Strachey, E. M. Forster e Violet Dickinson. Os números de vendas estavam subindo quando George Duckworth vendeu os direitos autorais à Hogarth Press. Contudo, o sucesso do romance veio apenas depois de 1969, quando a Penguin Modern Classics lança uma nova versão, vendendo mais de 22.500 cópias. Nos anos 1990, com a nova edição de Julia Briggs, a editora lança mais 16 mil cópias, o que demonstra a crescente popularidade de Woolf e o grande interesse do público em seus romances, não apenas nos mais experimentais, mas também nos do início de sua carreira.

---

15 *Ibid.*, p. 52.

O QUARTO DE JACOB

O ROMANCE COMEÇA como termina, com as lágrimas de sofrimento de Betty Flanders. Os sapatos vazios e o quarto solitário de Jacob representam mais a ausência do que a presença do personagem, o qual está sempre distante, reservado e indiferente. O romance experimental de Woolf testemunha o sofrimento humano em um período de catástrofe social. Enquanto os sapatos de Jacob apontam para a sua morte na Primeira Guerra Mundial, também sugerem a batalha que o narrador terá de combater durante o romance, ao tentar capturar a essência de Jacob.

A obra rompe com as técnicas narrativas convencionais. O método narrativo, a caracterização e o tom são muito bem interconectados. Woolf estava mais interessada na inovação ficcional do que no enredo. Ela estava tentando se libertar das convenções realistas, como deixa claro em "Mr. Bennett e Mrs. Brown", buscando uma nova forma de capturar a consciência do personagem e expressá-la ao seu leitor. Às vezes apresenta um tom sombrio, em outras cômico ou satírico, como observa Alex Zwerdling,[16] demonstrando como uma sociedade militarizada rouba seres humanos de suas vozes e corpos para seus próprios fins violentos. Como uma elegia, ainda que satírica, Woolf presta homenagem a todos os soldados mortos na guerra. Zwerdling afirma ainda que, ao nomear seu personagem principal Jacob Flanders, Woolf fazia referência ao poema "In Flanders Fields", do poeta John McCrae e, consequentemente, conecta-o à morte de milhões de jovens mortos na guerra. O autor compreende a obra de Woolf como um romance revisionista, que evoca uma tradição de poetas, os quais entoaram belos hinos fúnebres aos jovens mortos nos campos de batalha, tais como Rubert Brooke ("The Soldier"), Wilfred Owen ("Anthem for Doomed Youth"), Siegfried Sasson ("Aftermath") e Dylan Thomas ("A Refusal to Mourn the Death, by Fire of a Child in London").

---

[16] ZWERDLING, Alex. Woolf's Satiric Elegy. In: *Woolf in the Real World*. Berkeley: University of California Press, 1986, p. 62-85.

Em todos os romances de Woolf há uma consciência atemporal da morte, mas especialmente em *O quarto de Jacob* há uma sensação de escuridão universal que nos rodeia e trivializa a morte. Há muitas prolepses e analepses durante a narrativa, com muitas idas e vindas no tempo da narrativa. Por exemplo, a micronarrativa que envolve Jimmy e Helen; enquanto Helen visita os hospitais, ele acaba alimentando os corvos nos campos de Flandres, uma terrível imagem do caráter trágico da narrativa e uma referência ao poema "In Flanders Fields", já citado. O livro é repleto de imagens emocionantes, tristes, trágicas, sobre a curta duração da juventude. O senso afiado de Woolf sobre a brevidade da vida e a inevitabilidade da morte coloca o destino "trágico" de Jacob em uma longa perspectiva. Tais prolepses que indicam o enredo da narrativa são as várias pistas que Woolf oferece a seus leitores, e não se trata de um terreno estável e seguro. Logo no início do romance, Jacob depara-se com uma caveira e agarra-se a ela, como se fosse um troféu; em seguida, Beth Flanders chora a morte do pai de Jacob. Em outro momento, as faces iluminadas no festival Guy Fawkes são apagadas, revelando mais uma vez a brevidade da vida e a inevitabilidade da morte.

Contudo, o leitor vai acompanhando uma história de sucesso de Jacob; diferente do *bildungsroman* tradicional, ele adapta-se facilmente à sociedade em que está inserido, sem demonstrar nenhuma rejeição. Seu processo de desenvolvimento da infância até a maturidade envolve uma excelente educação: aulas de latim, rúgbi, Trinity College e Cambridge. Jacob inicia sua carreira acadêmica em 1906, mesmo ano em que Thoby, irmão de Woolf, morre de tifoide, após sua viagem à Grécia.

Woolf nos dá a impressão de que o mundo está aos pés do personagem. Suas conexões familiares, sua educação, sua ótima aparência lhe proporcionam uma entrada em muitos círculos sociais de diferentes posições. As mulheres que se apaixonam por Jacob provêm de distintos espaços sociais: Florinda, amável, mas desprovida de inteligência; Fanny Elmer, destituída economicamente, tenta impressionar Jacob ao ler o romance de Henry Fielding; Clara Durrant, equilibrada, mas tímida; Sandra Wentworth Williams, que é a sofisticada, casada e mais velha. Todas elas têm acesso a uma faceta de Jacob, mas sem compreendê-lo inteiramente. Jacob continua um mistério, ao narrador, às outras personagens e ao leitor. Woolf não usa o monólogo interior para descrever os pensamentos de Jacob, pois evita mergulhar em sua consciência, como o faz em *A Sra. Dalloway;* não é sua intenção revelar a essência de Jacob completamente, ao contrário: sua intenção é que sua vida interior permaneça um mistério. Woolf nos dá a impressão de que Jacob permanece desconhecido, distante e indiferente. Ela desloca-se de um observador não confiável a outro a cada página, nenhum deles conseguindo de fato saber quem é Jacob. Há muitas indicações de que Woolf queria manter uma distância irônica entre o leitor e o personagem principal.

Jacob é um representante da sua classe, jovem, bonito, inteligente, bem conectado; suas credenciais são impecáveis e seu futuro está bem assegurado; tem um apartamento em Londres, um par de amantes e faz uma grande viagem: França, Itália e Grécia. Tudo em sua vida é um passo em direção ao sucesso. A classe é a mesma de Virginia Woolf, mas não as mesmas oportunidades, o que nos lembra a narrativa de Judith Shakespeare. Woolf descreve um mundo de homens para homens, que exclui e silencia as mulheres. Jacob tem o selo de Cambridge e é moldado pela sociedade patriarcal. Por um lado, Woolf descreve Cambridge como a cidade das luzes; por outro, enfatiza a disparidade entre o ideal e ironiza Oxbridge. O distanciamento crítico é uma resposta ao sentimento de exclusão de Virginia; como em *Um teto todo seu*, Jacob não compreende por que as mulheres participam do ritual na capela de King's College. A formação em Cambridge reforça a ideia de ser membro de uma elite intelectual; a todo momento Woolf mostra aspectos de sua arrogância, que provoca sarcasmo e crítica sagaz, em um tom bastante bem-humorado. Se em *Um teto todo seu* Woolf reflete sobre as mães literárias, em *O quarto de Jacob* o protagonista reflete sobre os pais da tradição literária ocidental – Platão, Aristóteles e Sófocles. Como em *A viagem*, há várias referências literárias, mas predominantemente de autores, como Shakespeare e Shelley. *Cymbeline*, a peça que é constantemente mencionada em *A Sra. Dalloway*, aparece também aqui, indicando o caráter trágico da narrativa. Novamente, o poema "Adonais", de Shelley, é citado, conectando as personagens de Jacob e Rachel, assim como Percival e Septimus no romance subsequente.

Ao final nos questionamos o que resta de sua narrativa, além dos sapatos vazios e das lágrimas de Beth Flanders. Nesse sentido, a estética do romance nos leva ao discurso político de Woolf em *Três guinéus*: o que se ganha e o que se perde com a guerra? Por que os homens produzem a guerra? Como as mulheres poderiam evitar a guerra? Como criar pontes para conectar o mundo doméstico e privado ao mundo público? Como estimular a construção de profissões para mulheres, para que elas tenham uma maior participação na vida política e nas grandes decisões de uma nação? E, por fim, como combater o fascismo que estava se espalhando pela Europa e que logo iria atingir homens e mulheres de forma igualitária?

Em *O quarto de Jacob*, enquanto os homens são os agentes, o papel das mulheres é secundário. Florinda, a quem Jacob julga não ter muita inteligência, demonstra uma maior liberdade nas ruas de Londres, assim como Fanny Elmer, mas as duas são destituídas financeiramente; nesse caso, estão submissas ao sistema patriarcal. Sandra Wentworth, que é casada e acaba se envolvendo com Jacob, tem uma posição social mais elevada, mas ainda assim está atrelada ao maquinário capitalista, do qual também é vítima. Clara Durrant, que também se apaixona por Jacob, quase não demonstra protagonismo, mas seu papel é servir chá na sala de estar, assim como Katharine Hilbery em *Noite e dia*.

Essas personagens femininas, além de estarem confinadas nas famílias tradicionais vitorianas, servem como espelhos mágicos que refletem a figura masculina. Enquanto as mulheres estiverem apenas no âmbito doméstico, sem qualquer inserção no mundo público, pouco elas poderão fazer para evitar a guerra. Jacob, como um jovem, acaba sendo uma vítima do sistema patriarcal, no qual não tem escolha, mas deve atuar nesse jogo que já está montado e definido previamente.

A SRA. DALLOWAY

É POSSÍVEL PERCEBER na obra de Virginia Woolf uma certa conexão entre seus vários textos, incluindo os diários, as cartas, os ensaios, os contos e os romances, todos eles indicando um projeto que envolve uma sincronia entre seu discurso político e estético.[17] Passando pela fase experimental de *O quarto de Jacob*, Woolf já havia estabelecido sua voz e desenvolvido sua técnica narrativa: "como eu desenterro lindas cavernas atrás de meus personagens; acho que isso provoca exatamente o que eu quero; humanidade, humor, profundidade. A ideia é que as cavernas se conectem".[18]

Em *A Sra. Dalloway*, além de conectar os dois planos da narrativa – a festa de Clarissa e o trauma de Septimus Smith –, Woolf estabelece vários pontos de intersecção entre eles, como o som do Big Ben, a repetição do verso "medo não mais",[19] o carro do primeiro-ministro, o avião, a ambulância e a velha mendiga. Há várias estratégias narrativas no romance. Woolf parte da fragmentação para o todo; a sintaxe fragmentada e as interrupções na frase e na sequência enfatizam a instabilidade do texto; a multiplicidade de perspectivas indica a conexão entre as várias consciências.

O espaço primordial é a cidade de Londres; contudo, Woolf parte do espaço doméstico de Clarissa Dalloway para inserir sua personagem no espaço público. Clarissa abre as janelas francesas e mergulha em um belo dia de verão para ir comprar as flores para a sua festa; mergulhando no passado, relembra sua juventude. A narrativa tem várias idas e voltas, unindo presente e passado, a vida interior e exterior, o público e o privado, a prosa e a poesia, demonstrando o fluxo da consciência das personagens.

---

17 OLIVEIRA, Maria A. *A representação feminina na obra de Virginia Woolf*: um diálogo entre o projeto político e estético. São Paulo: Paco Editorial, 2017.

18 Tradução nossa. No original: "how I dig out beautiful caves behind my characters; I think that gives exactly what I want; humanity, humor, depth. The idea is that the caves shall connect". (WOOLF, V. *The Diaries of Virginia Woolf*. V. II. Londres: Harcourt, 1982, p. 59)

19 SHAKESPEARE, W. Cymbeline. In: *The Complete Works of William Shakespeare*. Londres: The Shakespeare Head Press, 1996, p. 1088.

Depois de caminhar pelas ruas de Bond Street, Clarissa adentra o santuário da floricultura de Mulbery. Nesse espaço poético, Woolf estimula a percepção sensorial do leitor visualmente e pelo perfume que emana da variedade de flores: "As flores: esporinha, ervilha-de-cheiro, braçadas de lilases; cravos, maços de cravos. As rosas; as íris". Esse momento poético e sensorial é interrompido pelo som do carro do primeiro-ministro; o espaço estético do mundo privado converge com o mundo público da política.

É necessário lembrar o leitor que essa primeira parte do romance tem suas origens no conto "Mrs. Dalloway in Bond Street", o qual estava sendo planejado após a publicação de *O quarto de Jacob* em 1922, como se pode constatar no segundo diário da escritora. Contudo, Julia Briggs[20] afirma que, na verdade, a ideia para o romance surgiu vinte anos antes, em 1902, o que se pode depreender de uma carta endereçada para Violet Dickinson. A ideia germinal era uma peça, ainda em desenvolvimento, sobre um homem e uma mulher, que não chegam a se encontrar, mas se sentem cada vez mais próximos um do outro. De acordo com Mark Hussey,[21] o conto "Mrs. Dalloway in Bond Street" foi originalmente intitulado "Mrs. Dalloway's Party" ou "At Home", e publicado na revista *Dial*, de Nova York, em 1923.[22]

Elaine Showalter[23] encontra nos manuscritos da Berg Collection, escrito no começo de outubro de 1922, como Woolf visualizava o livro com oito capítulos, sendo eles: 1. "Mrs. Dalloway in Bond Street"; 2. "The Prime Minister"; 3. "Ancestors"; 4. "A Dialogue"; 5. "The Old Ladies"; 6. "Country House?" 7. "Cut Flowers";

---

20 BRIGGS, Julia. *Virginia Woolf*: An Inner Life... op. cit., p. 130.

21 HUSSEY, Mark. *Virginia Woolf A to Z*... op. cit., p. 179.

22 Charles G. Hoffmann (1968) e Jacqueline E. M Latham (1972) trabalharam nos manuscritos de *A Sra. Dalloway*, que se encontram na Berg Collection da New York Public Library.

23 SHOWALTER, E. Introduction. In: WOOLF, V. *Mrs. Dalloway*. Londres: Penguin Classics, 1992, p. XXVI.

8. "The Party". Por meio dos diários de Virginia Woolf, temos acesso à sua concepção da obra e a todo seu processo de criação. Logo ela deixa de lado os contos e dá lugar ao romance, mas não abandona essa ideia completamente, já que alguns contos foram posteriormente publicados, como "Mrs. Dalloway in Bond Street" e "Ancestors". Além de elucidar o processo de criação da sua escrita, os diários de Woolf também nos informam sobre a recepção e crítica, os números de vendas e o que os amigos do grupo Bloomsbury escreviam sobre cada romance publicado.

Outro ponto importante que gostaria de destacar seria a presença do discurso político de Woolf; em *A Sra. Dalloway*, por exemplo, até que ponto podemos considerar Clarissa como uma representação do anjo do lar? Enquanto Richard Dalloway participa do mundo político, Clarissa está preocupada com a sua festa e suas flores. Depois de percorrer as ruas de Londres com suas compras, ela volta para casa e se refugia em seu quarto no sótão, onde, em sua estreita cama, ela reconstrói seu vestido.

À beira do mundo seguro de Clarissa estão os marginalizados: Septimus, Lucrezia e Srta. Kilman, todos eles submissos à estrutura de poder da sociedade patriarcal, que se mantém a um alto custo: guerra, esnobismo, opressão e massacre de seus jovens talentosos. Septimus, assim como Judith Shakespeare, morre ainda na juventude, sem ter escrito uma única palavra. Isolados, solitários e desconectados, Septimus e Lucrezia parecem estranhos à narrativa de Clarissa, assim como a velha mendiga que canta à entrada do metrô. A imagem de uma velha senhora cantando nas ruas é uma metáfora recorrente na narrativa de Woolf; aqui ela ganha um caráter mítico. Sua música (incompreensível) foi interpretada por J. Hillis Miller[24] como a música "Allerseelen", de Richard Strauss, invocando o Dia de Todos os Santos, em que os amantes mortos retornam à terra. A velha mendiga está mais conectada à

---

24 MILLER, J. Hillis. *Fiction and Repetition*: Seven English Novels. Londres: Basil Blackwell, 1982, p. 190.

narrativa de Septimus e Lucrezia, ambos desconectados do tempo presente da narrativa, mas imersos em um tempo histórico e atemporal e, portanto, mítico. Podemos compreender Lucrezia como uma representação do anjo do lar, destinada a uma morte em vida na terra e a uma vida somente para além do paraíso. Ela passa rapidamente do estágio de "noiva da guerra" para "viúva de guerra". Como o espelho mágico de *Um teto todo seu*, seu papel não é somente refletir a figura de Septimus duas vezes seu tamanho natural, mas principalmente mantê-lo vivo. No entanto, ao manter a vida de Septimus ela decreta sua própria inexistência. Ambos são vítimas da guerra, da crueldade e da tirania da sociedade patriarcal.

A partir da leitura desses romances iniciais de Virginia Woolf, o leitor poderá perceber as mais diversas conexões entre os textos woolfianos, seus diários, suas cartas, seus ensaios e seus contos, observando como o discurso político de Woolf perpassa seus romances. É possível também perceber como a escritora constrói sua prosa poética, que é também política, pois subverte as convenções literárias e implode as normas até, finalmente, revolucionar a estrutura do romance.

MARIA APARECIDA DE OLIVEIRA é professora adjunta de Língua e Literatura Inglesa na Universidade Federal da Paraíba. Entre 2016 e 2017 realizou seu pós-doutorado na Universidade de Toronto. Sua tese *A representação feminina na obra de Virginia Woolf* foi publicada pela Paco Editorial em 2017, sendo traduzida em inglês pela Lambert Academic Publishing, no mesmo ano, e em espanhol pela Cuarto Propio, em 2020. Suas publicações mais recentes são *Conversas com Virginia Woolf*, organizada por ela, Davi Pinho e Nicea Nogueira, e *Vozes femininas*, organizada por ela, Maysa Cristina Dourado e Patrícia Marouvo.

Coordenação editorial e edição de arte: João Paulo Putini
Revisão: João Paulo Putini | Nair Ferraz
Imagens: Shutterstock (desenho V. Woolf) | ilustrações de Bruno Novelli

grupo novo século

Compartilhando propósitos e conectando pessoas
Visite nosso site e fique por dentro dos nossos lançamentos:
www.novoseculo.com.br

ns

facebook/novoseculoeditora
@novoseculoeditora
@NovoSeculo
novo século editora

gruponovoseculo.com.br

Fonte: IBM Plex Serif